註東坡先生詩

卷二十

近刻邵氏注本第二十卷九疊新掃舊巢痕下
日序語謂開後人穿鑿之病近日海寧查氏補注
序之說雖不可易而施氏補注以為穿鑿何也今
丁卷此詩下初無此語然則是邵所為耳
刪卷刻補之至舊注所未收不能增益
丁卷施刻究好差非闕卷何居乎
邵氏之注是誠何說哉
所下之訛不使得潤
蘇齋

緒戊申十二月十九日湘潭袁伯夔叅議招集剛伐邑齋拜
生日宗室溥侗同人富順宋育仁芸子龍陽易順鼎碩甫
徵聘三儀官陳衍石遺豐順丁惠康叔雅長沙鄭
年錫仙貴池劉世珩蔥石湘潭楊度皙子宛平
安谷治城翬伯如皋冒廣生鈍宧錢塘吳
梅石振埏潮甫黃岡
盦浚至獲

福文公題跋眉瑑王坊中爭剔奇元祠曉瑑玉坊彫工引蘇黃詞翰敵富見王叨清輝臺二

小瑑玉翁題藝龍不相易臺寀摩竭意聖憲籀碗蘇門時哲龍

句吳興施合箋顧氏箋之鄭補注查子傳悉箕漢

文翁整序詞臣絲書成嘉慶壬戌歲板鐫淮東

寒一散流傳舊本餘一紙良朽蠹斷不免漫

二古書發七百餘字鴻文半皆叨寫

之方鬻付絳雲樓中秉竟

稗官野史說題跋

學士三任校

館青澶李

竊嘗公後

記體公意何異

公寫齊家曰吾家

坡書贈琴清齋中烏翦翠羽

記坡公過琴清宮夢書
琴茶詞手書以贈潘邠老

我生後公

贈著二歲二寫題詠在二氣二相護持

禮其澄轉後增嗟詠不廢地久喜無量不相後

缺作字

今西吾吾宋槧施注蘇詩歸之我賦詩志喜

海山僊館主人潘仕成未定稿

姑

中秋重九那有

香螺臬蘆幕是

照古簡瞥然開匣得

槧作贋託中丞何處得此本賈主傳觀

杜集嘉祐所槧亦相若大小毛公並藏弆題識此

姑蘇郡守王祺槧工部集明崇禎己卯補寫曾於懋勤殿見之人間天上各有緣眼福

蘇齋老人真好事卷卷銀鉤字鵝躍鉅公名士爭綴筆

無地著摩挲未了讀壁畫王老風篁坐譚謔浮名似笈後

狂態卻對前賢作中丞司農得詩髓江左潘徐氣磅礴酒酣

坡句追逐松高鄙衛霍（吾嘗追松高子亦鄙衛霍 坡公生日謝劉景文句）鑿予癡學如寒

年趣幽壑不敢望公揮翰手和陶有志公應諾

同展 東坡先生生日分賦得鶴字壽陽祁寯藻

一挂千係摹雲藍司農退食日清暇斗室墨妙熏

主客四五傾元談高峯突主映雪壁風篁小

世乃 追貢墨俄鶩榮几炭光怪琅

畫歸雙龕寶物流傳閲

貪復貪玉人

四禁師參

異師彭

[illegible]沾回
負殘帙
軌捧亟来司農
女棱笑談密展拜已逾三
堂每感古今才實蓋誰条去来律
川印長留幾鶴蜉南望江頭玉笛飛九霄
道光丙申十二月廿二日 程春海少司農招同 祁淳甫
為徐廉峯編修集題處硯月齋展拜 東坡先生生日
山堂二老兩圖讀宋槧施顧注公集以一曲鶴南飛分韻得一
飛字詩成書此第廿弓内余同奉同吳榮光識

施
七弓白
花影蕭蕭鶴在
人山深慚余滿月毘婆相
般若心千載有人同寄跡一篇
昔夜闌奎宿光如炬定是先生
十二日南海吳榮光書

註東坡先生詩卷第二十

吳興施氏

吳郡顧氏

起在齊安

盡如汝州

人句見贈五首

世見第十

第進

呂正

理歷

天邊

史王僧虔傳虔征

子美泣問君出

假而不歸烏知其非有退之送楊凝詩公今此去

閒好句世人共明月自滿千家墀

驄之峯人莫識杜子美驪人行紫駞之峯出翠釜水精之盤行

素鱗雜以雞豚真可惜令君坐致五侯鯖西京

雜記五侯不相能賓客不得来往婁護豐
辯傳會五侯間各得其歡心競致奇膳乃
合以為鯖世稱五侯鯖以為奇
焉裴啓語林亦云五侯王氏盡是猩脣
呂氏春秋伊尹說湯曰肉之路旁
美者猩猩之脣髦象之約
唐哥舒翰傳遇吐蕃苦拔海
半段搶迎擊所向披靡
何在我可入手
得其
得

正

銜李太

明情前生

天成傳燈錄汾普和尚頌

手拈來草觸目未嘗無韓退之上于頔書渾然天成

人雕刻閑草木揚子或問雕刻衆形者匪天歟搜抉肝

腎神應哭韓退之贈崔立之詩勸君韜養待招徵不用雕琢愁肝腎古詩

話賀知章見李白烏栖曲曰此詩可泣鬼神矣不如默誦千萬首
抽右取談笑足毛詩左旋右抽中軍作好文選詩談笑却秦軍
□鼎聲悲秋可憐好事劉與侯楚辭悲哉
漢揚雄傳時有好事者載酒肴石鼎聯句序道士軒轅彌
□指鑪中石鼎謂侯喜□手劉與侯皆□
我欲眠矣
覓

[illegible]

……稍……言微

……者是左

……之走入羊羣排……羊中告之曰不復相

……之一老羝人立而言曰遂往赴之而羣羊數百皆如此莫

一章萬句卒非我急走捉君應已遲

六年正月二十日復出東門仍用

前韻

亂山環合水侵門身在淮南盡處村五畝

成終老計孟子五畝之宅樹之以桑七十者可以衣帛矣九重

巢痕楚辭宋玉九辯君之門兮九重豈惟見慣沙

多釣石溫長與東風約今日

靖先生林逋梅詩疎

水清淺暗香浮

甘

金

化霧霏

凌孔融傳坐上客常滿

教奈吾貧

襄陽耆舊傳李衡種

以不貧

大寒步至東坡贈巢三

巢三名谷字元脩眉山人嘗舉進士京師見舉武藝者心好之業成而不中第游秦鳳涇原間友其秀桀東坡青黄

州谷走江淮因與之遊及二
蘇公用於朝谷未嘗一見逮
謫嶺海谷慨然自眉山徒步
訪之至梅州遺文定書曰我
萬里步行見公不自意全今
至梅矣文定驚喜曰此非今
世人古之人也既見相泣時
年七十三將復見文忠於
之曰令自循至
走止老人事也留之
竊其槖裝
死於新
治一
間所

對

我貧

仕未能賴

始皇紀餐未
咽酒未及濡脣
故

魏世家魏成子食祿千鍾
子美狂夫詩厚祿故人書斷

醉吐茵
後漢丙吉傳爲相馭吏醉
歐車上西曹吏白欲斥之

地忍之不過
丞相車茵耳
那知我與子坐作寒螿

呻
文選謝惠連擣衣
詩烈烈寒螿啼
努力莫怨天
古樂府
長歌行

少壯不努力老大徒傷悲論語不怨天不尤人下學而上達知我者其天乎我

皆天民孟子予天民之先覺者也行看花柳動共享

杜子美詩無邊落木蕭蕭下

并引

故人巢元脩嗜之

後云吾

平詣梅

小槐

霜中文選趙景

而未萼一一如青

採擷何怱怱杜子美詩採擷細瑣升中

復湘之毛詩生民釋之叟叟烝之浮浮又采蘋于以湘之維

又

香色蔚其饛毛詩有饛簋飧有捄棘匕點酒下鹽

豉晉陸機傳千里蓴羹未下鹽豉縷橙芼薑葱毛詩左右芼之注云

筆澤也韓退之詩筆以椒與橙 那知雞與豚但恐放箸空

子美姜少府設膾放箸未覺金盤空 春盡苗葉老耕翻煙

随甘澤化暖作青泥融始終不我

句我老忘家舍楚音變兒童

閒情賦神詳妍 終年繫余

帖王右軍青李帖

傳大首

[illegible]白[illegible]中苦寒

[illegible]賴[illegible]人試開雲夢羔

[illegible]場藥玉船蠶市光陰非故國

蠶叢氏每春勸民農桑但鬻蠶具蠶市云孟子所謂故國者非謂有喬之也

馬行燈火記當年

馬行在汴京舊城之東北隅盎鬻馬之區百貨之所會也

冷煙濕雪梅花在留得新春作

上元

上巳日與二三子攜酒出游隨所

見輒作數句明日集之為詩故詞

次

不記此日出游云黃

小山上有海棠

盛開時必

矣今年

爲則

以

方往日也

花塢杜子美詩

詩獨笑深林誰

東海棠詩三國志蜀傳誦讀典籍欣然獨笑孟子為

其知道乎能國家誰敢侮之三杯卯酒人徑醉白樂

閑樂詩空腹三杯卯後酒史記滑稽傳于髡日恐懼俯伏而飲不過一斗徑醉

矣一枕春睡日亭午唐褚亮奉和詠日午詩纖車日亭午浮箭

未移暉竹閒老人不讀書留我閑門誰教汝

陳遵傳每賓客滿座輙取客車轄投井中出簷聚枳十圍

顧歡傳鮑靈綬門前有一株樹大徐韓退之山石篇時見松櫪皆十

十蛟舞杜子美丹青引必逢佳士亦寫真東

農工苦漢揚惲傳田家

口塹花無

妍杜子

月

户

旦叩

人梳頭

轤唧啞轉

歲時記春節懸

繩於高木士女成

豆上共

戲日鞦韆

映簾空復小桃

不見譍門女

孟棨本事詩崔護清

明日游都城南從居

家求飲有女子自門窺之以杯水至而

倚小桃佇立意屬殊厚明年復往門巷

如故而扃鎖之因題詩於左扉云人面不

知何處去桃花依舊笑春風傳奇裴航經

藍橋驛因渴乞漿于茆舍老嫗嫗曰雲英
擎一甌漿水来郎君要飲航異之俄於葦
箔下出雙玉手捧瓷甌飲之 南山古臺臨
衰無讐門五尺之童
杜子美稻畦水歸 雪陣翻空迷仰俯
決渠當斷岸
詩故人餽我玉葉羹火冷煙消
生漢蒯通傳東縕
火於亡肉家
語歐陽永
莫登
更隨
人

還

以自

友不終

弟君子神所矣韓退之薦士詩

日日出東門

日出東門步尋東城游城門抱關卒孟子

抱關擊柝皆有常職漢蕭望之王仲翁謂望之曰不肯錄錄反抱關為笑我

此何求我亦無所求焉言寫我憂毛詩知我者謂

[illegible]心憂不知我者謂我何[illegible]駕言出游以寫我憂意適忽忘返文選

[illegible]睞路窮乃歸休晉阮籍傳率意獨駕不由徑路車迹

[illegible]知百歲後父老説故侯史記蕭何

[illegible]晉羊祜傳造峴[illegible]謂鄒湛曰由

[illegible]百年寓

[illegible]過西

本以屛

館一時西南堂

臥看千帆落淺谿杜牧之送孟遲詩千

屋李白送弟昌峒詩云帆落

天劉禹錫詩沈舟側畔千帆過

年眼力嗟猶在多病顛毛却未華新序齊宣

王日士亦華髮壁顛而後可用故作明牕書小字更開幽

室養丹砂

詩夜雨困移牀庾信詩隅花遥勸酒就水更移林坐獻

客腸一聽南堂新瓦響似聞東塢

詩韓補闕懷山泉似小家水杜

畒蔬文選

有南

軒窗逐

西牕浪

由種杉竹

空雀噪簷白樂天解印出府詩百吏放爾散閑門

宿夜猒猒毛詩猒猒夜飲似聞梨棗同時種應

與杉篁刻日添糟麴有神薰不醉雪霜詩

徤巧相沾先生坐待清陰滿陶淵明和郭主薄詩藹藹
前林中清陰空使人人歎滯淹左傳出滯淹文選梅叔七
永霰
妻挽辭
毛詩東山四章女之得及
長傳曰褵大夫禮
說溫姑

饁
與斂
宅相待
交同枕席
雞鳴陳古
以刺今不說德而
弟從君吏隱中杜子美送裴氏詩吏隱逢
初不計孟子窮則獨善其身達則兼善天下云何抱
疢俯仰便一世文選盧子諒劉琨詩瞻彼日月迅過俯仰王羲
之蘭亭叙人之相與俯仰一世幽陰淒房櫳漢外戚傳班倢仔賦房櫳

虛兮風泠泠芳澤在巾袂楚辭大招粉白黛黑施芳澤百年

得滿文選古詩人生不滿百此路行亦逝那將有

瀉無益淚韓退之歐陽生哀詞哭泣無益兮君文

石尾當觀千字誄鄭玄周禮注云

漢朱建傳母死辟奉百金襚

雨三首

卷次詩

東
月十
舟赤壁
自江南来
長鳴掠余舟
其為何祥也聊復
毅父韻第三首載西
州楊道士允數聯因此帖知
為世昌詩中又言善吹洞簫
按其自廬山從公蓋壬戌之
夏前赤壁賦云客有吹洞簫
者逮是楊也先生嘗為賦
塞酒歌後赤壁賦云適有孤
鶴橫江東来觀此帖蓋非寓

言夢一道士者豈即世昌姑托以夢耶先生道大才高不容於時憂患半生如陳季常巢元脩張中吳子野輩獨相從流離困厄之中其姓名遂不沒於千載今世昌藉此復有傳於後世夫豈偶然二帖蜀牋筆畫甚精宿嘗以

蘭詩渴人
夢食唐
書啟
自

乞漿正

亚云 有令

默吾宊漢班固叙傳孔

天蕩蕩呼不聞後漢和熹鄧皇后紀嘗夢

正青張奐傳凡人之情宽則呼則扣心今呼天不聞扣心無益誠自

况欲稽首號涅佛龕中蝎蜥尤可笑跋

跋脉脉何等秩楊文公談苑魏庠言昔游關中佛寺值村民祈雨沙

門有善胡法者求得蜴蜥十數置甕中以
樹葉漬水童男數人持柳枝呪曰蜴蜥蜴
蜥興雲吐霧雨今滂沱放汝歸去咸平初
[illegible]縉雲適閔雨用此有驗具奏其事蜴
龍類也漢東方朔傳跂跂陰陽有時
[illegible]壁是非守宮即蜴蜥
民天自卹我雖窮苦不如
雖是喪家狗史記
佞骨戰國
者昳之

肯屈

室風從

宗夏日聯句南来殿閣生微凉

鬱帝王世紀云舜作五絃六之琴歌南風曰南風之

兮褰裳一和快哉謠毛詩褰裳涉溱文選宋玉

有風颯然而至者王乃披襟而當曰快哉此風寡人所與庶人共者耶未

暇飢寒念明日

一

去年東坡拾瓦礫自種黄桑三百尺今年

草蓋雪堂日炙風吹面如墨白樂天楊舍人林池

人日炙不成凝杜折面如墨平生懶惰今始悔

詩懶老大勤農天所直沛然

作雲沛然與之矣造化

詩信南天同

坡云分

受

水不耐

[illegible]塘徑千步韓退

桂嶺西北遶山泉四鄰相率

人人知我囊無錢明年共看決渠

文選班孟堅西都賦決渠降雨荷鍤成雲飢飽在我寧關天

誰能伴我田間飲漢李廣傳嘗夜從一騎出從人田間飲二醉

倒惟有支頭輙韓退之秀禪師房詩暫拳一手支頭卧

[illegible]公號令不再出揚子法言鼓舞萬物者其靁風乎鼓舞萬民者

[illegible]乎雷不一風不再後[illegible]風者天之號令也十日愁霖併

[illegible]綦要久雨曰苦雨亦曰愁霖[illegible]離別愁霖貫秋亭韓

[illegible]水冒田我家

[illegible]生隨身

[illegible]亦

車行

開庾信

言識音律洞馬季長笛賦易京君明識音律漢元帝紀注洞

度者釋名簫肅也言其聲肅肅二十三管三赤四寸小者十六管

不須更待秋井塌見人白骨方銜杯杜子美薛華醉歌忽憶雨時秋井塌古人白骨生青苔如何不飲令心哀

初秋寄子由

川日夜逝論語子在川上曰逝者如斯夫不舍晝夜物我相

有宿昔心鮑照白頭吟何慙宿昔意猜恨坐相仍依

是江文通別賦惟世間謝主人兮依然憶在

是景門河南岸按由同奉制策

子讓王子之

記蘇

……聲

……恨不蚤

……不起帝 恨不早 買田

……成 毛詩斯干築室百堵 左傳築室反耕者歐

……築室 ……顛尾 雪堂風雨夜已作對牀聲

……物示二甥詩那知 雨夜復此對牀眠

和黃魯直食筍

飽食有殘肉漢霍去病傳重車餘棄粱肉而士有飢色飢食無

[菜]毛詩權輿於我乎夏屋渠渠今也每食無餘杜子美詩食薇不敢餘紛

怒似被狙公賣莊子齊物論狙公賦芧曰朝三而暮

[曰]然則朝四而暮三衆狙[皆]怒為用亦因是也爾

[史]云太和古白曾宣知吉

師謂會

智妙

為

雖

不忍嘬

子路共之子蠅蚋姑嘬之

食筍詩紫籜抒故錦勢迫風雷噫

游大塊名為風尚可餉三閭飯筒纏五

續齊諧記屈原以五月五日投汨羅而死楚人哀之是日以竹筒貯米祭之建武元年長沙人見之自稱三閭大夫曰常苦蛟龍所竊願以五色絲纏之則蛟龍所

長也

聞子由為郡僚所捃恐當去官

[illegible]身柳子厚冉谿詩少時陳力希公侯許國不復為身謀宿

[illegible]文日必用舍置度外論語用之

學[illegible]天初若相我

[illegible]致貧所

[illegible]年言[illegible]書

不

曰兒左傳

身免僅雞肋安

操欲討劉備而不得之文難為功於是出教曰雞

能曉脩曰雞肋食之則無所得如可惜公歸計決矣乃令外曰備

於回師低回畏罪罯楚辭屈原九歌心低回兮顧懷毛詩豈不

懷歸畏亡罪罯黽勉敢言退毛詩黽俛從事不敢告勞若人疑

或使孟子行或使之止或尼之行止非人所能也為子得徵罪

孟子孔子欲以微行不為苟去時哉歸去來尚書時哉弗可失晉

子為彭澤令解賦歸去来共挹東坡耒

南遷初歸二首

博物志魏太祖野葛至一

胡

坐

詩視

錫江總宅池臺竹樹五

宅又裴脩竹盈尺園歸来萬事非

韓十四詩間萬事非惟見秦淮碧山謙之丹陽記

鑿金陵斷方山為瀆令淮水貫城中大江謂之秦淮江總歸金陵詩歸來惟

見秦淮碧劉禹錫江總宅詩亦有此句平生痛飲處世說王孝伯痛

飲讀離騷杜子美詩痛飲狂歌空度日遺墨鴉棲辟西来故
漢吳王濞傳周亞夫問故父絳侯客
合史記張耳傳外黃女亡其夫去抵父
鳴鏑漢百官表相國丞相金印紫綬晉周顗傳殺諸賊奴
大繫肘漢匈奴傳冒頓廼作漢曹子建樂府攬弓
邑三公位焉按記云故兵
庭曰吾文正
其

廟

室五間三品

爲

言戒飲酒問買田且乞

竹次其韻

眞復有何好孟生雖賢未聞道晉孟嘉傳桓温問酒有何好而卿耆之嘉曰公未得酒中趣耳孟子滕君則誠賢君也雖然未

聞道醉時萬慮一掃空醒後紛紛如宿草

也

退之詩數杯澆腸雖

皎皎萬慮醒還新

十年揩洗見眞妄

蕉穀槁

維摩經文殊師利問維

摩詰言菩薩云何觀於

如此身何異貯酒瓶滿輒

世說王孝

志伯痛飲讀

藝詩性

何

雜
逵鑑叔夜琴
語東里子產潤色之
拔舜
任師中名伋兄遵聖名孜眉山人眉人敬之號二任大任
忠敏公之父也事見哭遵聖詩注小任即師中師中為新
息令民愛之買田而居後通判黃州知瀘州沒於遂州其

在齊安常游於定惠院既去
郡人名其亭曰任公東坡遷
齊安人知其與師中善也復
為師中庵曰師中必來訪子
將館於是潁濱蘇公為作記
師中事互見東坡荅師中詩
所息留示師中詩閱世亭
中之孫諒字子諒年
高第為龍啚
初朝廷將
其有
言利
陵

悉

弟主美哥

而任才行不

一先人禮記疇昔之夜文選盧子諒苔魏子

歸終在疇昔相看半作晨星沒可憐太

殘月韓退之東方未明詩東方未明大星沒獨有太白配殘月大

任先去冢未乾唐駱賓王爲徐敬業傳檄天下云一抔之土未乾六

[illegible]尺之孤何在 見王勃傳 小任相繼呼不還強寄一樽

已別 李太白詩一樽齊生死萬事固難審 樽中有淚酒應

[illegible]天別詩送我和淚酒揚日且不飲酒酒必酸 貴賤賢愚

[illegible]天詩賢愚貴賤同高差峩 君家不盡

[illegible]平子曰子賢子也 人

[illegible]子

二十年傳燈錄第

未嘗睡至席號脇尊者誰信吾師非

虫已死得安眠遺教經煩惱毒虵睡在汝心譬如黑

汝室睡當以持戒之鈎早除之睡虵既出乃可安眠

鄧忠臣母周挽辭

鄧忠臣字斉思潭州湘陰人
第進士以工於賦頌為秘書
省正字憂去再入館出倅瀛
州後為禮部考功郎秘書少
監有詩十二
卷名玉池集

[illegible]也射天力慈顏如春風不
于仰失文選陸士
以此後知
[illegible]

公
音笑
仙詩
岳西征
黃壞千里白
黃壞曉焚瘞千金鍔莊子棄千金之
人道德人論語君子哉若人人尚德哉若人視此
屈劇五代史南唐李景傳便議班旋眞同戲剟聊償曾閱意
邃與仙佛寂孤纍臥江渚漢揚雄傳欽弔楚之湘纍李奇

注曰諸不以罪死曰纍

永望墳墓隅作詩相楚挽 禮記

[illegible]有喪舂不相鄭氏云相謂送杵聲也譙

[illegible]訓曰挽歌者高帝召田橫至尸鄉自

[illegible]歌以寄其情後續之為薤露蒿

至李延年分為二等薤露送王

[illegible]士大夫庶人使挽者歌之

[illegible]士[illegible]文進謝希逸宋貴

中膚 杜子美詩臨岐

記

過一已子惡

滑稽傳子治鄭民不能

其不敢欺雲後獨來栽柳

後採茶時山城散盡樽前客舊

新愁只自知李後主秋夕詩社愁新恨有誰知杜子美詩紅顆酸

甜只自知柳子厚詩索寞競何事徘徊只自知

和蔡景繁海州石室

蔡景繁名承禧事見二十三卷蔡景繁官舍小閣詩注東城在黃有荅景繁帖云朐山臨海石室信如所諭前某嘗[illegible]人一游時有胡琴婢就室[illegible]京州凜然有冰車[illegible]入矣因公復有新篇[illegible]海上奇

古

後起詩乃纂

貫用白如語一也

坡云石曼卿一也歐陽文忠公詩話石曼卿卒

見之者云恍惚如夢今為仙也所主芙蓉城蒼藤翠壁

無路戲將桃核裹黃泥石間散擲如風

雨坐令空山作錦繡倚天照海花無數石曼

卿通判海州以山嶺高峻人路不通了無
花卉點綴映照使人以涅褁桃核為彈拋
於山嶺之上一二歲間花發滿山爛如
戰國策呂不韋謂父曰立國家之主
[illegible]間石室可容車流蘇寶蓋窺靈
[illegible]賦樹翠宇之高蓋飛
[illegible]賦翡翠珠被流蘇
王喬墓後漢
人淮
浴

手

辭惜

章載

擊大五絃彈珊瑚一

翻松為舞韓退之詩挐攜陬維

心賞復何人文選鮑明遠白頭吟心賞猶難恃

節中郎醉無伍漢汲黯傳持節發河內倉粟以振貧民韓信傳

生乃與噲等伍後漢蔡邕為左中郎將蔡景繁時漕淮南故云持節中郎獨臨

斷岸呼出日杜子美詩決渠當斷岸尚書寅賓出日紅波碧

日吞吐韓退之陸渾山火詩山狂谷很相吞吐徑尋我語

拄杖彭鏗叩銅鼓後漢馬援傳得駱越銅鼓鑄為

詩云長篇小字遠相寄一唱

之江風海雨

不出

[illegible]
南亭
與俯
刻此詩東
麻姑謂王方平曰
自接侍以來見東海三為
蓬萊水乃淺於往昔會時略半
復為陵陸乎方平笑曰聖人言海
復
塵也

和秦太虛梅花

西湖處士骨應槁歐陽文忠公歸田錄處士林逋居於杭州西湖

孤山善為詩如梅花詩踈影橫斜水清香浮動月黃昏評詩者謂前世詠梅

矣未有此句也自逋寂寥未有繼者只有此詩君

昔中楊嗣復宴諸生於新昌賦詩于席惟楊汝士醉東坡先

君詩

[illegible]花

[illegible]對花

[illegible]歸歐陽文忠公鎮

[illegible]拾餘香還畀昊後漢光武

[illegible]有昊[illegible]毛[illegible]

再和潛師

化工未議蘇群槁先向寒梅一傾倒杜子美詩

心會巳傾倒

江南無雪春瘴生為散冰花除熱

華嚴經諸天龍王興雲布令諸衆生熱惱消滅

風清月落無

[illegible]日趂霜鐘蚤

山海經豐山上有九耳鐘霜降則鳴

[illegible]清開皇中趙師雄遷羅浮[illegible]淡粧出迎相與叩

[illegible]懵然久之[illegible]有翠羽

[illegible]注云[illegible]蜓

偽忍

雲矚陸
人幾年来忍

人之情寬則
爾雅云夏為昊天

檟

青子落紅鹽正味森森苦且嚴莊子孰知

正味
待得徽甘回齒頰已輸崖蜜十分甜本草

崖蜜又名石蜜別有土蜜木蜜歸叟詩話
曰范景仁云橄欖木高大難採以鹽擦木
則實自落顧禧注云記得小說南人誇
於河東人云此有回味東人云不若
至你回味我已甜久矣棗一作柿
齋夜話云崖蜜事見鬼谷子謂
鬼谷子實無此說然略記陸
士衡此語當有所

燭照

妃子時笑曰豈是

坡

東坡月色清市人行盡野人行莫嫌

犖确坡頭路韓退之山石篇山石犖确行徑微自愛鏗然

曳杖聲杜子美桃竹杖詩出入爪甲鏗有聲禮記負手曳杖

生日王郎以詩見慶次其韻并寄

二十一片莊子天地篇大聲不入
折揚皇華則嗑

秀傳玄宗
下命三

子犨
惟

傳居山

棣燕兄常棣之華

兄弟先天下士也芙蓉曾到

之芙蓉城傳為王迥子高作子高遇仙人周瑤英於芙蓉城

字子高其兄不嫌霧谷霾松栢白樂天南賓郡詩霧

雨霾樓雉終恐虹梁荷棟桴文選班孟堅西都賦因瓌材而究奇

抗應龍之虹梁列棼橑以布翼荷棟桴而高驤高論無窮如鋸屑

之傳文帝曰單之母甚高論晉胡母字彥國王澄嘗與人書曰彥國吐

木小詩有味似連珠文選演連珠注云傳

於漢章之世班固之其大體必假喻

时諷興之謂之連

未

樽

中丞詩事且鬪樽

鬪領先裁蓋癭衣

集有汝癭詩詩時方移汝也投老江湖終不

溪仇覽傳守寡孤苦身投老來詩莫遣故人非

過江夜行武昌山上聞黃州鼓角

清風弄水月銜山李白詩青山猶銜半邊日幽人夜渡

上峴周易履道坦坦幽人貞吉三國志吳主孫權建安二十五年自公安

州鼓角亦多情吳兢樂府古題要解橫吹曲有

遍魅與黃帝戰帝始
後魏武北征烏

是減為中
給鼓角

面二

求
[illegible]鄰

武陵沅
望沅川中

還吹此曲相迎餞

興國往筠宿石田驛南廿五里

野人舍

谿上青山三百疊快馬輕衫來一抹倚山

脩竹有人家橫道清泉知我渴芒鞋竹杖

主軟元微之詩騰騰兀兀悠閒行竹杖芒鞋稱野情蒲薦松林

渠風露滿中庭惟有孤螢自開

子

卓·昇遠

下居而

我之謂人者故

述小名虎見傳宣公四年楚人

髦垂兩耳毛詩髧彼兩髦實維我儀漢賈誼傳

耳車兮憶過濟南春未動白樂天春意詩風軟春不

動三子出迎殘雪裏我時移守古河東酒

內淋漓渾含蓄 韓退之寄盧仝詩渾含驚怕走折趾 而今憔

[illegible]羸馬 文選劉向九歎憂憔悴而無樂 韓退之贈李大夫詩羸馬鳴且

[illegible]大相汝爾 左傳僖公三年號為不道保於逆旅唐李

[illegible]夫爭道而得筆法 [illegible]作爾汝交云

[illegible]恥 史記 虞卿

[illegible]傳 延頤

仲觿角

通五月以五綵

昌歜苦左傳僖公三十年冬

來聘饗有昌歜杜預曰昌蒲俗端午以菖蒲泛酒飲之荊楚

秦中歲時記玉燭寶典紀麗皆不載未詳所自今年疋馬

来杜子美曲江詩短衣疋馬隨李廣佳節日夜數文選謝靈運九

日從宋公詩
聖心眷佳節

兒童喜我至典衣具雞黍 子[illegible]

[illegible]日江詩朝回日日典春衣論語子路過
[illegible]杖荷蓧止子路宿殺雞為黍而食

[illegible]既懷鄉飯筒仍戀楚 續齊諧
記屈原

[illegible]而[illegible]楚人 謂言必一

[illegible]困薰煮

[illegible]東
[illegible]坡

第年

由於筠也其後

□意未忘因康□洛書以贈之元祐

元年三月十日軾書水南卜築吾豈敢集本作卜宅想見

茆簷照水開集本作遥想弟軒今皆從刻石師孟醫士能

刻兩公簡札託名不朽有足嘉者遂得以正集本三字之

訣云

念我欲别難我今此别非他日風裏

疋雨中荷葉終不濕三年磨我

千史記虞卿傳說

孝成王一見

漢司馬遷

太子始

風

清

家好兒子　後漢鄭玄

盖恩曰案之禮典便合傳家

后傳帝曰老物不足惜慮困我

昔汝翁如汝長　杜子美示宗武詩明年共我長　筆頭

一落三千字世人聞此皆大笑　老子下士聞道大笑

之

憤勿生見兩翁似不知樗櫟薦明堂莊子之游篇吾有大樹人謂之樗又世篇見櫟社樹其大蔽牛何似驢盬漢賈誼傳驥垂兩耳服鹽車兮武帝樂府老驥伏櫪志在千

所

選陸

非有常

華經諸佛世

尊唯以一大事

註東坡先生詩卷第二十

之磨蝎其庭幾四十鹽州蹉杞菊五十入侍晉銀緋功名百

[illegible]〻英靈萬古禹魏〻俱言水濟合薦菊爭向戎祖

[illegible]守險拙儕劉輝公其哂我杜德機四賢詩成大

[illegible]杉春風幃

蘇文忠生日奉攀

馬徐廉峯侍御[illegible]

宋施顧注蘇詩以一

[illegible]沒

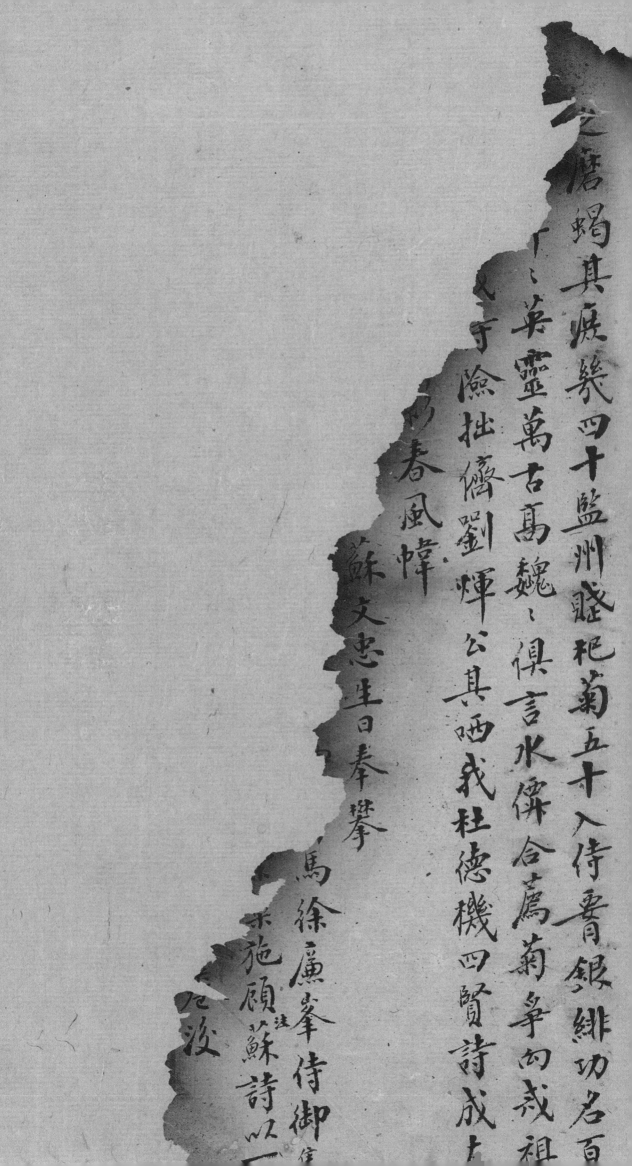

方鎮鶴

豈知七百餘

有道或肯相馮

杖妃呼豨公今遊戲人

北斗亦飲真一酒鹵山泥有亢脩薇（薇今曾……菜也）

兒一十六星天際圍呉奔宋槧無所希乾

珠璗或題或詠或圖畫五家隊繞三春菲公詩

亢氣百骸九藏增其肥前日對雪蘆之碕今日叢書門

兩〻扉風篁二老是耶非滕叟且辭且進譏詵達同甲偶然再淚